桑小燕 著

北方的相思

作家出版社

目录

第一辑　流浪的麦子

第三辑　蜘蛛的眼泪

第四辑　父亲的爱暖如阳光

第五辑　尘世里的天堂

第一辑

流浪的麦子

祭品

我愿意是诗坛上的祭品
在众诗神的光辉下　渐渐枯萎

我愿意在寂寞中被供奉
在高高的供台上
俯视那些面孔朝上的人

我甚至愿意成为被焚烧的香火
在明明灭灭中变成灰
我甚至愿意成为灵魂卑微的朝拜者
在无数个咒语中
消失在人们的精神里

我愿意是诗坛上的祭品
慢慢老在那些字句里

今天，我带你走江湖

准备好了吗？出发吧
今天，我带你走江湖

不用挎剑，不用骑马
不用携带各种暗器
把一切都放下
今天，我带你走江湖

用碧蓝的天洗一身浮躁的尘
用花朵安抚疲倦的心
把微笑带在身上吧
当心灵饥饿的时候
我们用它来充饥

我们出发吧
趁着青春还在
趁着鬓发未白
趁着一颗玻璃样的心尚未沾尘
今天，我带你走江湖

如 果

如果有可能
我愿意回到女娲的手里
在泥水中　重新轮回

如果有可能
我会亭亭玉立
站在伊甸园的门口
手里捧着我的诗和爱情

如果有可能
我愿意生命中永无缺漏
我愿意用尽所有诗句
来弥补那些遗憾

诗人之夜

几颗花生米
一碟老咸菜
英雄的酒憔悴无比
夜之空虚却被思想填满

就高举一杯月光吧
畅饮清辉缕缕

再写渡口

你坐在船上　谁在岸上恓惶
船桨划在谁的心上
越远越痛

月光扇动翅膀
掀起一场辽阔的梦
谁坐在浪尖默想

男人啊，从不诉说
从不说他自己的人生
是怎样的惆怅和寂寞

巢

叶子把巢筑在枝干上
种子在泥土的湿润里歌唱
风的巢在四面八方
将奔跑中的人们包裹

卵石把巢搭在河床里
鱼儿在温暖的海底嬉戏
雨的巢就在天地间
瞬间淋湿了鸟儿的翅膀

蝴蝶的巢在花心里
乌鸦在空旷的墓穴边独自悲伤
我的巢就垒在时光里
被梦想的钟声敲击

路 上

来不及说些什么
青草和柳枝都一晃而过
跃马扬鞭　尘埃涤荡
溅起的回忆落在马蹄后面

谁的召唤在前方
谜一样难解开
诗句都挂在树上
一字一花一句一果

诗国里的流浪者

端着梦想的饭碗
拄着智慧的拐杖
在诗国里流浪
翻越无数道山脉
趟过万千条河流
在或冷或热的人世间
遭受褒贬

怀揣救世的雄心
高擎理想的大旗
在诗国里流浪
讲百姓人家的故事
说善恶美丑的下场
在或旱或涝的日子里
坚定不移

方 向

有时候一下子就被删除了
我们不得不重头再来
就像脚上的鞋子
因为道路换了一双又一双
方向却不变　永远站在前方

血脉里流动着疯狂
一棵草的春天来了
心上铺满了绿
那是毕生追求的生长

即使黑夜降临
而方向无眠
高悬着磨难和胜利的旗帜
招引
方向　这是怎样的诱惑啊
如果我能拒绝死亡
我将用活着的光阴把你歌唱

一个诗人的天堂

这里永远没有黑暗
天蓝得不敢呼吸
阳光醉了
光影摇晃着诗人的寂寞
一个诗人的天堂
总在风和日丽的时候开放

那些永远割不完的世俗
在这里无法找到
诗人把鲜花放在石头上
让柔软和坚硬彼此都有梦想
一个诗人的天堂
美丽　宁静　安详

就这样吧

就这样吧
一切该来的和不该来的
那些盛开着又必将枯萎的花朵
那些不知疲倦的蜜蜂
在甜蜜中慢慢生活

就这样吧
岁月把时光打磨
树叶都不惧怕
它们勇敢地舞着
坠入重生的冬天
我也不怕
我心里的春天已经早早到来

就这样吧
让一切该来的和不该来的
都来吧
有许多鸟儿自由飞翔
还有的鸟儿已被猎人瞄准
梦一样的故事都在阳光下蒸发
我却不停歇地歌唱着生活

阅读

一

雨是天空的眼泪
天空的心事太大
没有谁能拒绝
这眼泪湿透了世界
或急或慢的雨
或大或小的雨
瞬间覆盖一切
谁站在雨里　想把天的心事阅读

二

什么是我的眼泪
干瘪的眼眶
空洞地发出脆响
心怀枯萎　没有一丝云彩
该怎样制造惊雷
如何制造一场雨
没有支撑的灵魂

等不来阅读的朗朗之磬

三

没有眼泪的人是多么可怕
干燥的心灵要着火
于是　我在自己的恐惧里寻找
我追逐乌云　我呼喊闪电和雷鸣
我双膝跪地祈祷千年
如果我读懂了天空的苦楚
是不是也有一个人来把我阅读

空　洞

你的背影越来越模糊
突然间的离去
把一个人从完整割成碎片
无法填补的漏　让身体晃荡不已

到哪里取一瓢水
到哪里取一把土
才能把破碎的心重新砌垒

你的背影越来越模糊
我也碎成空气
如果有幸能变成尘埃一粒
我想先把自己从俗世浮起

安静地走开

秋天来临时
树叶总是默默无语
悄然滑落　没有一丝声息

黎明来临时
黑夜总是不眠
星星眨着眼睛　含着分别的泪水

如果需要　我也会这样
像一棵小草
安静地绿　安静地黄

流浪的麦子

一

一粒麦子不小心
它从布袋的破口边掉出来
它被主人摔在马路上
于是，它无法回到土地中间
从此，生长的梦想被困扰
如果石头可以唱歌
如果沥青可以肥沃
如果有一阵风吹过
这粒麦子就不会忧伤地等待
在坚硬的路上四处漂泊

二

麦子痛苦地思索
究竟这布袋是谁割破
为什么单单让它出走
在没有希望的黑夜流浪
如果有个伴多好

如果有块地多好
如果有一阵雨浇来
这粒麦子就不会寂寞地哭泣
在荒芜的世界独自闯荡

三

一粒麦子不小心
它走出了生长的土地
如何回去　如何回去
流浪的麦子不知所措
天空突然下起了鹅毛大雪
在初春里惊动一切生灵
麦子欢喜无比
它被六角形的雪花紧紧抱住
在完全的湿润里
开始发芽

站在宽广上

什么位置并不重要
重要的是在这位置上是否思考
茅屋里能有诸葛的妙计
金殿上难免不会倾国
举着拐杖走路
是为了平衡
摔跤的都是正常人
如果藤的攀缘是因为有高的牵引
那草的蔓延就是因为有低的追求
谁站在宽广上
谁将成为这世界的主人

把夜点燃

我总想黑其实是一把火
涩涩的黑被某些东西擦亮
于是天空一抹黑色的火覆盖世界
无论夜有怎样的无奈
都让黑把夜点燃

燃烧的夜有点疯狂
四处奔跑用黑伪装
黑下的精彩都被掩埋
怎么活着都是一天又一天
谁能想把夜点燃

把夜点燃
用黑的火柴
把夜点燃
如果有希望
我想在夜的灰烬里
拨拉出一个明晃晃的天

一个好日子

如果没有四季更替
如果没有阴晴圆缺
这世界多好啊
只有明月和春风相伴
每天都是好日子

如果没有冷风酷雨
如果没有明枪暗刀
这世界多好啊
只有笑声和欢乐相伴
每天都是好日子

如果没有尔虞我诈
如果没有名利作祟
这世界多好啊
只有真诚和善美相伴
每天都是好日子

一个好日子

就这样种在我的心里
在无数个来来往往的时刻
那欢喜将灵魂包裹

一棵树长在路边

一棵树长在路边
枝叶上沾满尘土
飞扬的枝干努力向上伸展
试图避开俗世的攀援
但生长的地方不能移动
那深深的根系已扎向远方

一棵树长在路边
树身上刻满伤痕
层层滑落的树皮下
一片片新嫩毫不畏惧
既然无法选择生存的自由
就举起坚定的绿意衍生

一棵树长在路边
无奈地长在路边
它忧伤地看着来来往往的行人
看着太阳在行人的头顶消失
它日复一日地等待
那敲着铙钹披着慧光的人的到来

聆 听

一只不知名的虫子
在轻轻吟唱
夜色漆黑
谁也无法判断
但小虫子没有停顿的歌声
吸引了独自行走的赶路人

赶路人脚步匆匆
没有一丝光亮的夜晚
这鸣叫就成为航灯
一切都是因为黑暗
黑暗将陌生隔离
谁都是对方的领路人

黑得好啊
黑把机会让给耳朵
黑的色彩缤纷潋滟
于是就生长许多想象
在无疆域的世界里
自由聆听

逃 跑

你说　是太阳追赶月亮
还是月亮被太阳追赶
脆弱的时间
经不起敲打就逃跑了

雨被风追赶
大地就掉下眼泪
一汪汪的水啊
大地的心被自己湿润

精神被生活撵来撵去
在逃跑途中
我用自己的一生
寻找　真　善　美

灵魂的种子

如果肉体没有了
还有魂灵的存在
如果魂灵也没有
就找一颗种子种下
这种子就长成灵魂
长成明媚的阳光
和永不消散的空气

把魂灵的种子栽下
在绵延不绝的崇山峻岭
在星罗棋布的江海湖泊
在暴风雨中
在猎猎的旗声里
让魂灵的种子开始发芽
在无数个辰光里生长

这种子长成灵魂
是天地万物的灵魂
是千万正义者的灵魂
是英雄为人民而生的灵魂

这灵魂啊
是一个民族团结奋进
勇往直前的国家魂

来一杯酒

来一杯酒
心绪如烦乱的风
卷起树叶卷起地上的尘土
渐渐淹没的双眸
在昏黄的天空里不再张开
来来去去
什么也无法安抚狂躁的心
于是，就想有一杯酒

来一杯酒
高高举起敬自己
让酒精在心底燃烧
如果不能沉静地生活
倒不如化为灰烬

来一杯酒
站在咆哮的江河之上
在浪头上痛饮
如果不能写出美丽的诗句
就只能把自己沉入水底

夜伸开黑色的双臂
将现世的丑陋推开
当又一轮太阳升起
那酒一样的热力
在每个角落扩张
希望这时候的我
早已经悄然入睡

来世

一

这距离有多远
一个来一个去
来得热烈来得温暖
去得冷清去得冰凉
可是谁能拒绝
就像那遍野的枝蔓
不知道何时长何时断
来就来了　去就去了

二

生和死近在咫尺
两只脚总是一只在阳界一只在阴曹
一前一后的行走是预兆
没有谁能够双脚并行
永远在太阳升起的地方跳跃
我成为事实的主人
于是，在一具鸟儿的尸体前感叹

来就来了　去就去了

三

今生和来世是一家人
就像大地和阳光彼此拥抱
黑夜其实就是一场轮回
只是我们无法在白日里清醒
所以那无数的责难和抱怨
把洁净的世界玷污
所有的生物都在预言
它们知道生和死的时间

人类却在麻木中僵硬
不知道谁是主宰
遍体鳞伤的生活啊
来就来了　去就去了

唱一支歌给自己

不需要谁来谱曲
也不需要谁来填词
给自己唱一支歌
用用自己的嗓子就行
或者连嗓子都不用
让歌声在心底流动

这歌声的韵律可以自由
或者激情澎湃
或者婉转低吟
因为是唱给自己
所以不惧怕有没有观众
让歌声在无界的天空响起

唱一支歌给自己
不需要严格的标准
这歌声因为自然而动听
这歌声因为有情而感人
最先激动的应该是我自己
因为我要做我自己的主人

空　屋

雪白的墙壁
高高挂着一幅牡丹画
盛开的黑牡丹冷若冰霜
那沉默的艳丽像刀
直刺向这屋子

屋子不由得呻吟
呻吟声震颤屋内
举着长矛的仙人掌开始乱舞
处子般的香兰花容失色
桌子椅子急得想挪位
一扇扇门自动开启
有谁不想逃离
空屋子锁着谁的灵魂

灵魂也想逃离
满满当当的摆设像一具具尸体
那是枯干的木乃伊
没有鲜活的你或他走来走去
紧锁着的门也在自敲自打

铁锈似的空气让谁窒息
空屋子　空屋子
一个声音在什么地方嘶喊

黑

我突然双目失明
世界在瞬间沉寂
一切声音和色彩
都静静等待
它们在我茫然的瞳孔里
惊慌失措
所有美好都逐渐远离
黑呀，黑得密不透气

我不想擦亮双眸
我恐怕已无法适应光明
那些个阳光下的尘粒
再也不会像吸血虫一样
在我眼膜上吸附
那所有的丑陋
它们在一个瞎子面前
束手无策

黑，黑得坚硬
黑，昂首挺胸

黑，无所畏惧
没有视野的阻隔
心就漫无边际地飞翔
我是多么庆幸
我终于可以不用眼睛
来观察身边的世界

孤独之吟

没有比这更好
孤独把空间放大
想象超越一切地膨胀
就连回忆都扩散的无边无沿
瘦弱的笔信马由缰

黑暗里的孤独有些猖狂
侵蚀着空椅子空桌子空房子
黑的密密匝匝铺天盖地
黑灌满了所有的空
孤独的世界由黑书写

其实这样更好
如果在白日里被鲜花迷惑
被欢歌笑语掩埋
又如何在孤独里思考
如何沉浸于救赎

孤独是反思的良药
不是远离或消亡

孤独是寒秋的一点绿
夹在霜冻的金黄里
在沉思中走回生长的季节

孤独就像遥远的钟声
召唤没有方向的旅人
于是背起行囊
背起喧嚣里的蔑视
向着太阳升起的地方渐行渐远

就把孤独抱在怀里吧
就像把一面旗子竖起
被风吹展的思想
高高站立
在俯瞰中吟颂壮美山河

补丁

人是地的补丁
鹰是天的补丁
叶子是树的补丁
果实是花的补丁
那什么是灵魂的补丁

洞开的缺口
被风吹得支离破碎
一切的肢体摇摇欲坠
急于寻找填充的什么
可什么才能缝补

精神是人的补丁
猎获是鹰的补丁
青翠是叶子的补丁
成熟是果实的补丁
我的补丁又是什么

吟在生命里的诗歌
总有许多的败笔

如果没有能力修正
那遗憾就是我诗歌的补丁
日日夜夜的缝补把我的心刺痛

早晨，迎着太阳行走

一夜晨露的沐浴
一个人蜕壳而出
像似新生婴儿
把第一声哭泣留给母亲
我把新生的自己送给太阳
早晨，迎着太阳行走

昨夜如流星般闪过
那些影影绰绰的往事
烟云一样缥缈
无法触摸的虚幻
已不能重锤般的敲击
放弃成为谁永生的遗憾
那脱下来的一件外壳
如卸掉了我爱情的轴
从此，旋转的生命属于太阳

有多少宽广
就有多少无奈
谁也决定不了

杂乱像草样的情愫
想割的欲望和草一样生生不息
说着说着就又走回过去
于是，我对自己说
就这样吧
因为早晨已不可抗拒地到来

金黄色的阳光
扫尽了夜的隐晦
明媚的心鼓胀着
有迎风而上的胸怀
向前，向前
谁都会在这样的早晨
伸开双臂拥抱太阳
早晨，迎着太阳行走

圈 子

有时候你不得不佩服孙悟空
他为了保护唐僧
就用金箍棒画了个圈圈
一切邪恶都无法靠近
圈子就是保护神

圈子演绎到现在
变得是越来越小
尤其是有钱人和有权人
那被圈子隔开的距离
与百姓的距离有几万里

我希望有两样不被圈住
那就是道德和良心
它们不可以被圈子分割
它们在现实生活里
应该和所有人在一个世界

一种坚硬

有一种坚硬叫铁
有一种坚硬叫钢
有一种坚硬永远不被熔化
它的名字就叫作精神

铁有铁的骨骼
钢有钢的血肉
而精神却像神一样
被人们膜拜

有一种坚硬是人的精神
在日月天光里被高高举起
在无数个闪电雷声中
傲然矗立

给一位长眠于地下的男孩

你的容颜是否已经改变
长眠的时间已过了三十年
你黑亮的瞳仁　穿过黄草和薄泥
忧伤了谁　刺痛了谁的心

沿着一条长满树木和野花的小路
就能回到你离别很久的家
虽然你熟悉的书籍和小床都挪了位置
可你知道，离家太久，你已经慢慢长大

你还像过去一样腼腆吗？
洁净的脸庞　因为害羞而泛红
清风从小小坟茔吹过
可是你推开了那扇门　踏响细碎的脚步

十四岁的少年　肢体的生长像拔节一样
那木制的棺椁　岂能把你阻挡
或许森林中奔跑的麋鹿
就是长大的你　只是你已经改变了模样

如果我是猎人多好　可以放下手中的枪
追随你的身影　和你一起捉迷藏
如果你不是那只麋鹿
那森林中无数奔跑的动物　哪个是你?

你的手还如过去那样温暖吗?
忏悔蛇一般将我紧紧缠绕
如果我能牵紧你的手
黑暗怎能把你带走　怎能把你带走

城市中生活有许多的青年
青年中找不到你的存在
我只能在有亮光的黑暗中生活
直到我们碰面　我们相见

一个人的旅行

飞翔是从出发时候开始的
在云之上，避开了云下的雨

其实想要做就很简单
放弃那些喧嚣和虚无

在没有欲望的洱海边
张开自己

我就像那条咬过鱼钩的鱼
在旅途的海中独自疗伤

寂寞的风吹起一个人的翅膀
飞翔，飞翔，飞翔

向着那个地方
那个只开花而不要结果的好地方

夜晚的忧伤

有一丝凉风
也憔悴无比
早晨是那么遥远
等待　等待
黑暗陷入沉默
我陷入不眠

我惊诧世界的变化
它让世俗的光遮掩
如果我把所有的夜都点亮
谁还会惧怕黑的冷漠
夜晚的泪珠只能在此时
滴落　滴落　滴落
就算你怎样把相思托寄
也难以剪短黑夜的漫长

在春天里打坐

在春天里打坐
用一生来击打爱的木鱼
路上的事情都在预料之中

女人把时间冷冻在梦里
男人用现实焐热浪漫

谁也不要拒绝
背后的暮色很温暖

在春天里打坐
咒语是鲜花一朵朵
枝杈横斜穿过
女人委屈
男人却坐直了江湖

第二辑

北方的相思

谁沽酒

谁沽酒
燃烧生命
时间梳老了青春
梳白了少年头

谁沽酒
满以为命运在握　爱情在手
哪知道光阴吹皱了心湖

谁沽酒
未饮先醉
心事写在春天
花却不开
大雁提前带了秋来

在春天里出走

我必须走了
告别桃花　告别杏花
告别将要凋谢的每一朵花

夏阳埋藏在心底
火一般炙热
梦想发酵的时间太长

我必须走了
告别每一片绿叶
告别叽叽喳喳的鸟儿
告别不停歇的细雨

潮湿的心需要翻晒
需要泥土
和路上的风一阵阵刮过

我必须走了
背上寂寞的行囊
在离你最近的地方
等待一份泛滥的请柬

长在心里的故乡

没有什么能摧毁
长在我心里的故乡
离家越远
故乡就越茂盛
思念之情浇灌着
疼痛重重地敲打
故乡，从此永远长在心里
不能移拔

故乡的枝蔓在心里节节延伸
路有多远
它就延伸多长
故乡啊，虽然双手不能触摸
但藏在灵魂里的温暖
早已经把我的心儿弄伤

一个声音

它像钻进我骨头的蚂蚁
轻轻啃啮
一点一点，从皮肉到灵魂
我无法逃离
一个声音的追逐

在漆黑的夜里
它低沉的音质慢慢回旋
它让星星都开始眨眼
我如此迷茫
被一个声音击倒

在明亮的早晨
这声音就依然不屈不挠
它让太阳的光芒都黯然失色
我伤心地哭了
爱情是如此让人不解

北方的相思

我的相思是北方的柳
你不来　芽不发

我的相思是北方冰冻的河
你不来　冰不化

我的相思是北方的风
你不来　风就一直刮

我的相思是北方的冬季
你不来　春天就不开花

我的相思是北方的松
你不来　我就不长大

沐浴在爱情里

心已经存放在你的心里
爱已经搁浅在你的爱里
一个人把生命的根移植
因为爱情如此让人迷惑

欢笑在你的欢笑里
哭泣却没有市场
燃烧的双眸要点燃世界
实现凤凰的梦想

灵魂都撕裂成两半
为你而守候而游荡
思想的青烟被吹散
我无法把什么聚拢

爱要怎样才算永恒
心要怎样才算温暖
短暂的长相厮守
像藤一样裹住了两个人

做些什么好呢
沐浴在爱情里
手忙脚乱
于是，只能选择坠落

星星落在你怀里

一颗又一颗
星星落在你怀里
我想用夜色的丝线
把星星缀满你的衣襟
如果星星们愿意
我想让它们和你永不分离
就像我和你一样
我愿意是其中的一颗
但是
我要缀在你心里

一颗又一颗
星星落在你怀里
我想用一世的凝视
把星星留在你的胸前
如果星星们愿意
我想让它们和你永不分离
就像我和你一样
我愿意是其中的一颗
但是

我要长在你心里

一颗又一颗
星星落在你怀里
我希望最好是七颗
它们排成北斗星的阵势
如果星星们愿意
我想让它们和你永不分离
就像我和你一样
我愿意是其中的一颗
但是我要落在你怀里

七月初七

谁都知道这个日子
走过那座桥
就是一段爱情故事的开始
爱情是多么美好
它让历史和今天
在这样一个特殊的日子里
放弃所有
紧紧拥抱在一起

没有期限的爱情
在一节节枯枝里
搭建
牛郎和织女的脚步
在银河的两端
踏响
生活多么好啊
七月初七
我不知道该怎样表达
如果生活靠爱情充饥
我会在今天长跪不起

可日子在凡人的手里
变成柴米油盐
完全不是七月初七的浪漫
那亘古的神话
就只能在心头徘徊

就这样没了

秋天还走在路上
树叶间的告别仍在继续
阳光和往日一样
拥抱着每一个贴近它的人
可是，我的爱情就这样没了
不知道是谁的疏忽
竟然把一段故事搁浅

船儿依旧行驶
鱼在船底飞快掠过
海水没有选择地翻着波浪
不留情面的风四处乱刮
我的爱情就这样没了
不知道是谁的过错
竟然把一个情节删掉

没有爱情的日子真好
不必为谁挂念
不必被谁牵着走
思想的灯芯再次点燃

将所有的时光照亮
让诗人的魂魄从遥远的地方
返回故乡

第一次这样想

第一次这样想
草儿青了又黄
爱情能不能不老

第一次这样想
你是不是知道
爱一个人是多么的忧伤

第一次这样想
你温暖的怀
是不是我的渴望

第一次这样想
你来了又走了
还有谁带我飞翔

第一次这样想
如果你是我从容的今世
我来世会不会日夜为你歌唱

第一次这样想
向日葵盛开都向着太阳
我们的爱情和它是不是一个方向

等待

树叶都黄了
风在哪儿呢
没有风的日子
空气都要烧着了

河水都干了
源在哪儿呢
没有源的日子
石头都在唱歌了

情人都走了
爱在哪儿呢
没有爱的日子
灵魂都要枯萎了

悲伤的叶子

土崩瓦解是一个成语
在瞬间失败
一个人落荒而逃
逃得恓惶，谁在遥远的地方
死守！

秋天的风没有一丝商量
迅速将最后的绿意掳掠
谁滴下告别的泪珠
谁在守望
一片叶子的深情

你用一个秋天击落
我一生的梦想
爱情于是在光秃秃的枝干上
失去光芒
我无话可说

土崩瓦解是一个成语
是所有失败的意思

一个人为了爱情落荒而逃
逃得恓惶
谁在遥远的地方死守

两个人

就像两颗星星
有无法靠近的距离
即使没有被高高悬起
那星光的照耀
也隔着厚厚的气体

两个人
一个往东
一个向西

沉重把背影重叠
无奈写给渐渐的远离
如果爱情不是在瞬间产生
分手就不会成为终生的疼痛

两个人
一个往东
一个向西

徘 徊

在这样的时刻
空气像被凝固
彼此的眼神游离
谁也说不出话
应该怎样
是开始还是结束
爱情的笔
在没有想好的时候
如何落下
就成了一道难题

一个模糊的影子

目光从灰暗的天空掠过
想象在云层后的世界
那展展的阳光
在什么地方受阻
竟然无法铺泻
心，于是开始痛楚的抽搐

爱情在记忆的背后隐藏
如一个模糊的影子
想抓却抓不住
想逃又无法移步
像一只摇晃的船
找不到支撑的双桨

发干的嘴唇
说一些言不由衷的字
望望依旧阴云密布的天
就想找一支利箭
在射穿天空时
先射穿自己

一个情节

因为你的目光
故事就重新改写
其中有一个情节
想写却不想让人看见
简单的情节
不用过多描述
只是这情节和爱情有关
无法掩饰
于是，就想象中国的汉字里
用哪个才贴切
才能生动那一个情节

因为你的目光
故事就重新改写
其中有一个情节
想说却不想和人分享
简单的情节
不用过多描述
只是这情节和爱情有关
于是，就想象有多少种方法

用哪种才表达合适
才能丰满那一个情节

因为你的目光
故事就重新改写
其中有一个情节
点燃了我寂寞的生活

原　来

原来爱情是挂在树上的风
没有青绿，也没有红

原来爱情是写在水上的字
泛起水花，却无法阅读

原来爱情是天平上的空气
虽有重量，但没法称

原来爱情只是五千年前的一个故事
是亿万年前一个猎人下的套子

原来爱情是我今生的忧伤
是我来世还要继续的追逐

柳枝长

长长的柳枝
低垂着独自忧伤
相思，把脊梁压弯

柳枝长
长不过脚下的路
回头，已人物两不是

柳枝长
柳枝长
柳枝羞涩　柳枝彷徨

在我心里

无法释怀
爱情就像一颗种子
一颗无花果的种子

甜美的果实
是俩人最初时候的高潮
有谁知道无花的苦恼

播就播了
荒就荒了
一颗种子来世上一遭

在我心里
那爱情的花
如你的笑容
只要你在　花就开

你年轻的面容

洁净又迷茫
热情又空洞
你年轻的面容充满诱惑
让我欢喜又忧伤

一颗不再年轻的心
依然在渴望中保持着新鲜
多么希望生命如太阳般不老
多么希望爱情如大地样宽厚

你年轻的面容
火一般把我焚烧
此时，谁还需要思想
世界都静默，因为我们忘却时间

等待就像山涧的溪水
缓慢而从容地滴答
可是，我已经失去
失去时间，失去掌握

如果身体不再年轻
而爱情却不想老去
我无法回忆
我曾经年轻的模样

你年轻的面容
使我产生许多怀想
假如可以
让我转身离去　带着衰老和失望

把你的手给我

不知道怎样才好
夜幕都不能
掩饰我忧伤的脸庞
路灯泛着空洞的光
来往的车辆
像似原野上的惊鹿
有谁在静静守侯
黑暗中
请把你的手给我

慌乱的城市
没有一丝安静
在楼房与楼房间
藏着多少寂寞
你是否想过
有温暖的一把椅子
在靠墙的地方摆放
走过来
请把你的手给我

如果生命里注定了
我们今生无缘
请不要抱怨
那些快乐的时光
已像花儿一样开过
任岁月变迁
相思已在心底结茧
不要怕
请把你的手给我

高

如果还有超过它的字
我宁愿死去
我愿意为一个人
为一段爱情
而把自己放在那个位置

从此，再没有什么能够超越
爱情就成为顶峰
我愿意攀登
我愿意放弃身边的景色
一路向上　毫不畏惧

生活中最美丽的事情
就是拥有爱情
谁都想天长地久
那就站在最低处吧
怀着念想慢慢爬升

低

你无法看见
我在海平面之下的泪滴

你无法听见
我在极深极深地方的呼唤

坠落在爱情的幽谷
我已经走投无路

如果还能够沉没
我愿意一落再落

直到你想起
直到你惧怕分离

山之藤

我愿意是山之藤
我愿意为你而攀缘
我愿意为你而伸展一生
可是，你是否像这山一样
把我紧紧拥入怀中

山之藤
匍匐于你脚下的根蔓
满怀崇敬和爱慕
披着日月的光华
在思念中一节一节提升

山之藤
裸露在风雨中
没有庇护的成长啊
让爱情的枝叶经过千锤百炼
而苍翠欲滴

我愿意是山之藤
我愿意为你而攀缘

我愿意为你而伸展一生
可是，你是否像这山一样
把我紧紧拥入怀中

折

枝干中心的空洞
像一面鼓
就是轻风也能把它敲响
瘦弱的身体摇摇欲坠
站着或躺下没有选择
总是延误
不能很好掌握
爱情的花期
一再错过
年轻的心啊
那些婆娑迷离的事物
使爱情断裂

就幻想着树根的嫩芽
能在来年的春天长大
如果太阳依旧升起
如果黑夜降临
如果我还能看见你
我最想做的事情
就是把伤口捂紧
从倒下的地方慢慢爬起

飞　舞

我不能决定自己
因为爱情而奔跑的心
所有的都向后退去
爱情在唱独角戏

婉转悠扬
轻姿曼妙
忘记时光和距离

飞舞　飞舞
在没有跑道的路上
就飞过山山水水　带着爱情
让自己变得越来越轻

谁的目光

谁的目光
像一声叹息
悄悄跌落在我的身上

谁的目光
像忧伤的细雨
绵绵打湿我绯红的脸庞

谁的目光
像暗夜的流星
轻轻给我插上飞翔的翅膀

谁的目光
像早晨的太阳
暖暖照亮我漆黑的心房

零

从开始处开始
走着，而没有终点
爱情是这样就好了
无论加减多少次
都不是负数　都是零

一个简单的圈
一个空洞的圈
一个下了咒语的圈
一对在圈上进不去也出不来的恋人
痛苦且徘徊

从开始处开始
走着，而没有终点
爱情是这样就好了
像一枚坚强的无花果
没有花却有一世的蜜甜

一条上岸的鱼

是什么蒙住双眼
让一条鱼放弃了自己的天
匆忙上岸的鱼啊
咬着鱼钩上悬挂的爱情
内心怀着苦痛和伤悲

柔软的爱情
使岸上的鱼呼吸越来越紧
而渐渐僵硬的身体
讲诉着一个美丽的故事
这故事被浪花搁在沙滩上

因了梦想就离开
因了沾着新鲜血液的鱼饵
一条鱼勇敢地在岸上站立
阳光下的鱼鳞噼啪作响
那声音和光芒把所有爱的懦弱照亮

剥

不经意间
爱情就被剥个精光
失去包装的爱情
在太阳下变成愤怒和抱怨

羞涩，激动，热吻一层层滑落
跌如泥尘
留下一个干瘪的咸鱼干般的个体
被高高吊起

偶尔会摘下来慢慢回忆
似乎有些味道
像似腐朽
或许有泪水的结晶

如果爱情也能腌制
那该用什么样的水来浸泡
而那最初的新鲜
是不是毒药

重 复

如果可以
我就这样写来写去
把青葱变为深绿
然后让指尖上的老茧
破碎
然后，成蝶
在亚当和夏娃的果园里
笙歌夜夜

如果可以
我就认识两个字
它们在我的心尖上跋涉
它们从来的地方来
它们却没有归处
如果爱情是永远的漂泊
我宁愿做岸边的芦苇
守望着
看你渐渐走远　渐渐老去

爱情祭品

我愿意
饱满地在香火缭绕中
枯萎
我愿意
因为你的期盼所以
鲜活

所以上了桌面
是因为迷茫或者可笑的
爱的奉献
所以被朝拜

为此，我愿意
被供奉
一万年
直到你跪下来
而我作为爱的祭品
甘愿
日复一日地
等待

有两个字

从不轻易说出口
也不轻易写下来
我说的是爱情
它在你我之间搭桥

这桥是西湖的断桥
因为不能而把相思搁浅
这桥是董永和七仙女的鹊桥
因为不能而把相思高悬

两个字
简单却无法称重
因为爱情
是永远没有砝码的天平

融　化

不知道你听见没有
那颤抖的汩汩的声音
那是我啊
我因了爱而融化成潺潺溪水
因为你　我不能站立
如那将要融化的软泥
只要你一转身
我就会阴柔的倒地

我缠绵湿润的爱情啊
为此我放弃曝晒
在潮湿温暖中
孵化我们的爱

夜已深

你靠在我的肩头
把忧伤倾入我怀
亲爱的
如果这样
可以把你带到黎明
你就这样靠着
夜已深
夜用漆黑掩饰它的无奈

玫瑰花是因为靠在刺上吗？
你是因为靠着我吗？
为什么？
我们的爱情都如血样的深红
为什么？
我们的忧伤都如夜色一样浓

夜已深
我们像两滴水
我们不能湿润谁

我们也不能趟进任何一条河流
就让我们伸出双臂
自己抱紧自己

丢 失

冬天把花朵丢失
春天把雪花丢失
雷雨把晴天丢失
黑夜把光明丢失
亲爱的，我把你丢失

冬天失去的花朵
春天会送来
可是，我的爱却永远失去
在没有季节的时光里
也没有了等待

失败把收获丢失
挫折把成功丢失
痛苦把欢乐丢失
忧伤把幸福丢失
亲爱的，我把你丢失

三月里播下种子
五月里总有一穗长成

可是，我播下了爱
播下了希望
只能收获等待

栖 息

树叶在枝干上叹息
秋天来了　泥土已经张开怀抱
这一场爱情多么短暂
只有一个季节亲密
那在光明之下的舒畅
不能用任何词语形容
一双手渐渐松开
身体与枝干开始分离
我的梦啊！也终将在黑暗里孕育
当又一轮春日高悬
心，是否还会在同一株树枝上变绿

它叫爱情

在风的面前，我是燃烧的火焰
借着势头，一路向前
在水的面前，我是一条蛟龙
借着浪潮，激情澎湃
在花的面前，我愿意是一只蜜蜂
在草的面前，我愿意是一滴露珠
在那些不经意的伤害面前
我愿意是倒下的蒲公英
让那些精神的种子四处播撒
在你的面前，我愿意是一个词
这个词让你我在瞬间失去平衡
它叫爱情

流逝的……

子在川上曰：逝者如斯夫
恍惚中，我已回到前朝
一袭白袍，一匹千里驹
长剑高悬，秀发如歌

木简上的记载　那样简单
公元前某县某村某阔地
有一女子，因文学和爱情
拔剑自刎

没有片言只语留存
即使爱情的经历
也被牛郎织女和天仙配改写
空把万缕青丝染成霜雪

于是，只有策马长奔
一夜间回到今朝
而今朝，而今朝
还是昨夜的华灯独照

相思绿了

我的相思是一棵草
走过秋天的寂寞
走过冬天的荒凉
走过无数个日日夜夜
终于，在阵阵冷风冷雨里
绿了漫长等待的春天

我的相思绿了谁的心田
到处莺歌燕舞
到处鸟语花香
到处生机盎然
而你，终将踏过这个季节时
请别忘记弯下腰来
把一棵草的春天扶起

风从门前走过

门铃儿叮当作响
门扉吱吱呀呀
这是风儿的声音
它们告诉我好消息
在你到来之前
茉莉花的香味儿
浸染了整个屋子
我都要醉了
我的眼睛始终不敢睁开
任凭风儿不停歇地奔跑

风从门前走过
还带来了两三只翠鸟
那些鸟儿叽叽喳喳
它们说些关于你的闲事
那都是我想知道的事儿

我的心事还没来得及说
风就从门前走过
如果它也走过你的门前

请你立即把门打开
我的相思就会进入你的家门
叮咚的门铃声
那是我爱的倾诉

在五月里歌唱

风中有麦子的甜香
有收获的味道
那些播种者
他们古铜色的脸庞上
有汗珠滴落
而汗珠滴落的地方
生长着温暖的渴望
生长果实　生长欢乐

站在五月的风中
我饱满如鼓胀的麦粒
只是被长长的麦芒包裹
无法挣破
怀着出茧的苦痛
忧伤地等待　等待
那双遒劲有力的手
把喜悦轻轻揉搓
然后　在你的掌心
在五月的风中
我寂寞地歌唱着

第三辑

蜘蛛的眼泪

诗，在我生活里

我把每一个字
都揉进了我的生活
我把它们涂上色彩
我把这些美丽的字
揉进我的每一个时间里
可是，我想要的句子在哪里呢
我的字码不在一起
它们一个个走散了

我的心啊
没有诗歌的生活
和没有你的生活一样糟糕
我应该出去寻找
那些个被尘埃深埋的话语
岁月搓成的灯芯已蘸满了激情
只等我举起笔
点亮这盏灯，点亮我的诗生活

花儿落了还会再开

花儿落了还会再开
我渐白的青丝却回不到过去
是因为没有脱落便没有再生吗
是因为没有死亡便无法轮回吗

如果我能像花儿一样
我愿意一次次死去
在灿烂中消失
在忧伤中醒来

春天在黎明前走了

夜莺喊哑了嗓子也无法留住春天
麻雀们站在高压线上等待
就像我努力过也留不住你一样
春天在黎明前走了

晨露打湿了最后一朵花
花瓣含着热泪飞舞
进行一场极致的告别

趁着人们在熟睡中
趁着黑夜遮蔽着
为了赶上下一个轮回的时间
春天在黎明前走了

用时间收藏我的心

红的花　绿的果
还有你的微笑
我都收藏在心里
我想这是最好的地方
温柔　暖和

我用心收藏一切美好
我用时间收藏我的心
只要时间不老
我的心就会永远保持年轻
我就会有永不腐朽的人生

蜘蛛的眼泪

我看见蜘蛛哭了
伤心的眼泪
化作一条条银线
一条条银线攀缘而上
丝丝缠结
在寂寞的墙角
在空旷的屋里
蜘蛛流着泪等待

我也哭了
可是我的眼泪
无法结成丝线
无法伸长和攀缘
因此只能在喧嚣里蒸发
咸咸的泪滴掉下来
地面上不留一点痕迹
像似谁不经意地走过

蜘蛛哭了
蜘蛛的眼泪四处飞溅

在不知不觉中
将愚钝的虫蚁包裹
可怜的忙碌的精灵们
有谁会想着暗处的蜘蛛
又有谁会想着
独坐墙角静静地编织

桃花已落

粉色的一朵朵
开在心窝里
满眼的春意
永不会凋落

桃花长在谁的世界
桃花拨动谁的琴弦
纷纷起舞
桃花已落

桃花已落
落在谁的世界
谁会沉醉
谁会想个不休

水上的星星

零点的湿地没有一丝沉寂
或许是因为我的到来
所有的鸟儿都开始窃窃私语
它们谈论的话题复杂
其中一个我听懂了
它们说
这么晚光顾它们的水世界
一定是贵客
在明亮的星星照耀下的姑娘
她洁净的面容上带着泪滴
晶莹的泪滴掉在水面
像高悬的一颗颗星星
落在尘世间

湿地上的芦苇轻轻摇摆
似乎在抚摸我的脸庞
一只野鸭偷偷探出脑袋
慢慢凫着水游过来
它好像有些不解
这么美好的夜晚

所有猎人都沉睡的时刻
姑娘她怎么如此忧伤

我看着自然中的一切
趁着夜色　在星光下
悄悄将所有的烦恼
抛到水里

你也来吧
把你疲惫的心靠过来
不要犹豫
你宽阔的肩背像这无际的水面
我想依偎，紧紧贴着
让我们两颗心永不分离

为什么生活不能如这美好湿地
在自然和谐欢笑里快活
抬眼寻找北斗星
只有无垠的天空
是我们心飞翔的地方
可是所有的星星
此刻都落在水里
它们干燥的心　更需要湿润

树叶和风在秋日里

想着要离开枝干
想着曾经的青春
树叶沉默
只有秋风一阵一阵

渐渐发黄的身体
从生长处慢慢脱落
树叶在忧伤中陷入回忆
只有秋风吹来吹去

就这样走吧
如果能没入泥土
在黑暗里重新冶炼
当又一个黎明到来时
枝头上站立的嫩黄
将迎风生长

落地的玫瑰

生日那天朋友送了一捧玫瑰
玫瑰的颜色是深色的红
这红养眼养颜养精神
玫瑰不知道
它给我带来多少欢欣

过了许久
玫瑰就全部枯萎
片片花叶被一张塑料纸谋害
玫瑰不知道
是爱让它踏上不归路

玫瑰落地
那红突然间更深
像似生命里最后的一声叹息
如此沉重
如此叫人难过

一棵草生长的秘密

背着绿色的行囊
走在四季
一棵草黄了又绿
一棵草绿了又黄
一棵草生长的顽强

抱着衍生的希望
遍地歌唱
一棵草躺倒了
一棵草又站起来
一棵草生长的坚强

一棵草在路上走着
在平地在悬崖
在蓝天下在狂风里
在无数个不眠的日子
一棵草不回头地走着

秋日的欢喜

绿叶悄声细语
花朵怀着最后的惆怅
草丛中的虫子蹦来蹦去
太阳高高悬起
蓝天下的精灵们
在秋日的欢喜里怅然若失

小贩们推着满车的瓜果吆喝
粮食都准备做最后的冲刺
商店的夏装赔本甩卖
月亮冷冷看着
黑夜里的精灵们
在秋日的欢喜里整装待发

我像门口的小桃树
在春天里粉红柳绿
当秋天抚摸我的树枝
我知道，我要失去
有谁不会这样呢
可是我仍然满心欢喜

说说玉米

无论走多远
玉米都无处不在
即使脱离那清香的土地
变成形式各异的口味
玉米依然是玉米
沾着农民手中的汗滴

朴实纯良的玉米
饲养鸡鸭也饲养人
它活得简单
它长得纯粹
千年不变的模样
万世不变的品质
一粒粒饱满精神

吃玉米长大的人
我想也有玉米的厚实
就把尘世当作玉米地
把自己当一粒种子

在任何地方都能生长
不怕风不怕雨
被变成各种形状而风骨犹存

随风而去

随风而去
在任何可生长的地方等你
满怀着渴望
勇敢地脱离母体
我就是那蒲公英的一颗种子
因为爱你而不怕跋涉
可我只是其中的一颗啊
如何才能准确
落入你脚边的泥里
或者被你轻轻撩起
随风而去

湖面上的水草

它们自由伸展着
它们窃笑
它们在波光潋滟的水面上招摇

湖面上的水草
搅浑了干净的水
它们身上寄生了光滑腐朽的绿苔

有时候　生活明镜如水
而那些丑陋　就如那些水草
它们在生活上寄生了肮脏

我只能高挂云帆　做一艘大船
在那些水草不停的缠绕里
披荆斩棘　勇往无前

秋风起时

秋风起时
你正牵着我的手
黄昏和落叶沉默不语
沉默的还有渐渐枯萎的青草
它知道爱情也有季节
有春天的暖和秋天的风

秋风起时
你正牵着我的手
南飞的大雁沉默不语
沉默的还有厚厚的云
难道云能看穿我的心事
它知道爱情也有迁徙的时候
秋风起时
落叶把眼睛哭红
秋风起时
我们捡一片红叶回家

岸 上

这不是我生长的地方
我是一条以海为家的鱼
谁撒下的鱼饵
让一条鱼　在岸上堕落

纸醉金迷　灯红酒绿
芳菲里的鱼　渐渐失去呼吸
岸上　岸上

我失去呼吸
还有渐渐冰凉的身体
当我看世界最后一眼时
那希望的钟声将在岸上响起

我愿意……

我愿意是一滴眼泪
为你而破碎
如果那咸湿不能让你冲淡岁月的伤痕
就让我一碎再碎

我愿意是一朵小花
为你而枯萎
如果那绽放的美丽能让你开心
就让我在你手中片片消殒

我愿意是一块石头
为你而坚硬
如果那刚强能擂响你出征的战鼓
就让我一敲再敲

我愿意……

一只蚂蚁的歌唱

背着黑色的行囊
披着风云，边走边唱

小小的喜蛛在紫台上结网
画下的八卦图竟走出了三国

荒漠有狼烟越升越高
敌不过一只蚂蚁在大地上低吟

最高和最低的力量相当
谁输谁赢不能写进历史就让蚂蚁来当裁判

蚂蚁好啊！蚂蚁顶着烈日奔跑
蚂蚁好啊！蚂蚁的脚印踏遍四方

听不到蚂蚁歌唱的
是那些耳朵太长的驴

一只蚂蚁的歌声清脆激昂
一只蚂蚁擂着战鼓边走边唱

冬日的山谷中

几只喜鹊在荒草中游荡
荒草轻轻吟唱
这是个没有风的日子
阳光很好
一群灰色的鸽子站在麦田里
它们叽叽咕咕
说些春天和梦想的故事

一株株树木裸露着身躯
它们彼此赤诚地交流
树下凸起的地方竖着一块墓碑
极像似一个人
孤零零守望着

冬日的山谷中
被洗过一般
空气那么新鲜
所有的都在冷风中等待
等待
这是两个多么美好的字眼

从一片树叶中发现

一叶知秋，一叶知绿
用清晰的脉络书写短暂一季
这样多好啊
就像萤火虫
只有在你迷失方向的黑里
才知道它微弱的光明
沉默是一片树叶的武器
把那些虚浮和浅薄击碎
人们啊！如果不能摈弃虚荣和浮躁
不能在沉默中努力生长
就请低下头来
看一片秋天的树叶
它正以智者的光辉
穿透泥土
等待明日的滚滚春雷

苦 菊

没有艳丽的花朵
轻轻柔柔的枝
翠绿的薄叶
有着淡淡苦香

小小苦菊
携一缕清凉
在夏日的炎阳下
独自芬芳

假如
假如我是一枝苦菊
在夏日里安静地生长
那我是不是也有淡淡的清香

秋天渐渐走近

一阵一阵秋风
一场一场秋雨
一树一树秋韵
秋天渐渐走近

凉爽的风儿
悄悄更替着季节
绵润的雨水
轻轻刷洗着时光
丰满的树叶
慢慢等待回归
秋天渐渐走近

秋天渐渐走近
高阔的世界
在快乐的收获中
没有丝毫掩饰地欢笑
奔走的人群
拥挤纷纷
目光却向着同一个方向
那是被季节淹没的地方

鱼和羊

一个在深深的海底
一个在高高的山上
丛林和海藻
蚂蚁和贝壳
这是两个不同的世界
裸露的岩石却是都有的
不管在山上还是在水里
有一天，鱼和羊相遇
他们彼此描述着
山的葱绿和水的浩渺
他们在一个有山有水的地方倾诉
怀着对别样生活的向往
于是，鱼和羊决定离开
它们牵着手站在光秃秃的岩石上
他们梦想着在彼此的世界里生活
直到有一天
这块岩石回到两亿年后
它的身上带着世纪的图腾
前胸是一条鱼
后背是一只羊

寻找一条路

这里没有路
这里只有相思
两个人从不同的方向走过来
用火热的激情
用相思修一条栈道

一条路，很长
没有路标，却有方向
那一路上的风
把爱情的旗帜吹展
轰轰烈烈，万马奔腾
雷鸣和闪电都成为战鼓
为爱而擂响

一条路，很长
长得没有尽头
它是两个人的路
它被两个人修筑
只要愿意
谁都可以这样
用爱情把它延伸　直到永远

梧桐树上

紫色的暧昧
淡淡芳香
春天在梧桐树上欢笑
就把巢儿筑在梧桐树上吧
春天的梧桐花浓情蜜意
一袭紫衣万般柔情

许多鸟儿都会这样选择
把巢筑在梧桐树上

只要你经过
只要你抬眼望
那些叽叽喳喳在树上欢笑的鸟儿
它们最先把喜讯传递

这些个黑白分明的鸟类
它们在任何地方都被朝拜
可是　在多情的梧桐树上
我做不成那些鸟儿
我只能在芳香里沉默

落寞

曾经是火焰
现在燃烧殆尽
生命里没有一丝火苗
如果有一阵风
灵魂也被吹散

朝阳下才有阴影
在总也不见光的地方
神情落寞

那到处散落的孤寂
似乎等待一场追赶
等待一个热烈的身影
或者一句煽情的话语

如一片平静的叶子

原来是这样想的
当春天暖烘烘地到来
我的心也会羞涩地热
而更加明亮的眼睛
闪烁着希望的光芒
可是，事实并不是这样
花红柳绿都不能让我开怀
我的心情，如一片平静的叶子
石头般沉默

而那些枝头上的火红
让一片叶子的灵魂坠入泥土
在深黑的芳香里等待冶炼

一滴水和一只蚂蚁

一滴水
在阳光下惆怅
轻的不能再轻
那只是一滴水的身体

一只蚂蚁走过来
它是那样干渴
需要湿润的心
重重被敲打着

一滴水消失了
一只蚂蚁精神抖擞
谁听见谁在呼唤
谁听见谁在呻吟

黑暗孕育着所有
光明又恢复着往常
一滴水和一只蚂蚁
在生和死之间相遇

游进石头的鱼

那浪潮中的一滴有我的眼泪
可是你不知道
一条鱼把眼泪搁浅在沙滩上
同时搁浅的　还有鱼自己

远方闪烁光芒的
是你墨一般的诱惑
为此　鱼失去思想
奋不顾身地沉沦

在千万滴眼泪的肩膀上
鱼　跃出江湖
去拥抱海市蜃楼般的温暖
那磐石样坚硬的爱　赐鱼死亡

我终将离去

我不是冬去春来的小草
有着一季的枯黄和三季的绿
有着风雨飘摇后的青葱
有着让人感叹的生命力
我也不是怒放的鲜花
我没有夺目的光芒
因此　即使我已经离去
也没有凋敝的冷清
我终将离去　终将离去
在千万年堆积的黄土地里
回忆
一层一层的思念
一浪高过一浪的寂寞
还有时光继续敲击
而我已变成泥土中的一粒
简单　渺小
但却被大地紧紧拥抱

一切都是幸福的模样

有一首歌这样唱着
一切都是幸福的模样

简单的爱情
就像初升的太阳

简单的生活
分分秒秒如音乐奏响

一切都是幸福的模样
伸手触摸
空气都暖暖地欢畅

一切都是幸福的模样
心里装着太阳
一年四季都有花朵绽放

那一种情怀

低头看，脚上沾上了碎草
从不曾到田野中去
难道是风儿把信息传递
我已经走得很远
这是多么不幸啊
那些牵挂和思念也走得很远

年轻的心，总是喜欢游荡
目光散淡，目标缥缈
胸怀里装着世界之外的故事
比灰姑娘的梦还遥远
这是多么可怜啊
那些美好和花朵错过多少

总有一种情怀在不经意间释放
在不该的时间里恣肆
汪洋一片
那碎草，粘连在脚上
也粘连在心里
让人那么难以释怀

在傍晚的窗前

傍晚就这样来临
昏黄　匆忙
一双双脚在街面上敲击
月亮还在千里之外彷徨
没有呼唤　没有热切等待
傍晚把一个寂寞甩给旅人
谁打开了自家窗户
有一掬温暖透漏到窗外
即使目光没有碰上
我的心也开始发热
抬头　仰望
我不知道
天国里是否也有一盏街灯点亮
而我的父亲此刻也站在窗前
等待

一些不同

我的叹息比一片树叶落地还轻
可是，谁会相信那是一种失重
心灵上一抹一抹被涂画成彩色
却不是魂魄上站立的那些美好

浪花跳动着似乎比海洋更高
它不知道沙滩只孕育枯竭和死亡
一翻一滚的跳跃像小丑一样滑稽
最终还是靠了风和暴雨才回到海里

那趾高气扬的都挂在枝头
它们像最先红透的柿子
因为鹰的啄食和虫子叮咬
它们空虚着带着死亡前的微笑

那些生长在瓦砾间的杂草摇头晃脑
它们自以为是　窃笑着自己的选择
多么令人耻笑的迷醉
它们不知道无根的生长　是多么恐惧

生活把一切表象的东西高度复杂
人们热衷于剥开一层又一层真情
直到时光轮转再回到自然和简单
于是，世界在纷乱之中给人类递上灭亡通知书

夜之清明

薄如蝉翼
深黑其实如一张透明的纸
玫瑰花怒放
完全没有白日里的羞涩
那些私密的话语
如夜百合般芳香
真实的夜　赤裸裸的夜
大笑　欢欣　忧伤　哭泣
还有放纵与嘲笑
还有爱与忧愁

夜之清明
把所有的都照亮
即使在黑暗里
那些温暖　那些火一般的热情
都将点燃　点燃明天的生活

穿越

都希望能够跨越
一刹那间，选择
这是一个终极命题
分秒间世界改变
许多幻想，许多美好
许多不可知的一刻
在穿越中丢失
善，举起一双孱弱的臂膀
难以挽救末日里的夕阳
终归已成定局
不是阳光明媚
就是淫雨霏霏
那一层薄纸
是你自己的指头捅破

蝶在茧中

一丝一丝剥离
一点一点伸展
在黑暗中挣扎
蝶，她不知道自己
有一双飞翔的翅膀
只能慢慢爬出茧壳
在杂草和落叶间彷徨
行走，没有方向地寻找

好冷啊！
这是一个什么样的世界
所有的都那么庞大
它们睁着凶恶的眼睛
紧闭着双唇
可是，蝶却听见它们在说话
它们想杀死蝶
但它们不知道蝶是谁
它们无法判断
这个长着翅膀却在爬行的蝶
究竟为什么不在蓝天下飞翔

时间过去了很久
终于，蝶迎来了第一场春雨
湿漉漉的蝶躲在角落
她不知道自己应该向何处去
雨停了，阳光洒在蝶身上
蝶抖落身上的雨滴
突然身体离开地面
蝶发现自己原来有一双翅膀
蝶激动　蝶兴奋　蝶开始振翅飞翔
这是多么美好的一场雨啊
它让蝶真正认识了自己

是啊，谁都有一双翅膀
只是，许多人不想经历风雨
人们啊！请不要惧怕黑暗
以及那些如茧的缠裹
只要有一颗勇敢的心
谁都能够自由飞翔

第四辑

父亲的爱暖如阳光

思念父亲

谁碾碎的药
搁在我的日子里
苦着天气
也苦着一个女儿的心

坟上的香火
熏着了我的眼睛
掉在坟草里的眼泪
瞬间就被空气舔净

坟土边跑来跑去的虫子们
忙碌地搬运着
虫子们啊
可否把我的相思也搬给我的父亲

在自己的影子里

谁在谁的背上
谁把谁背负
重叠一起的
除了身体之外
是否心灵也会吻合
如果没有太阳的折射
影子就没有了
不知道谁会为谁悲哀

总想拽住主人的脚步
影子鬼魅般地追随
将那些影影绰绰的往事
或者缠绵不清的思绪
像口香糖一样粘贴
愈无味愈无法甩脱
奈何黑暗总是很短暂
所以影子就拉得长长的
像藤一样使劲攀缘

于是，我彻底陷入迷茫
与自己的影子开始较量

清　醒

一

如果春天可以代替冬天
如果夏天可以代替秋天
人生就只有青葱和生长
结果便是永远的梦
这样真好
我会在无数个黑暗里等待黎明
虽然黎明总在漫长的夜里徘徊
但终归有希望在一头牵引
于是，奋斗将贯穿生命的全程

二

谁这样说过
人从七十岁开始生长多好
生来就带着智慧
带着清醒和经验
然后慢慢走过中年
最后回到纯洁和稚嫩

这样真好
经历过炼狱般的日子
直到在母亲的怀里哭泣或欢笑

三

我不能拒绝命运的玩笑
就像生长不能拒绝风雨
我也不能拒绝突如而来的恩赐
就像少女对爱情的憧憬
如果那些个在树枝间飞舞的鸟儿
它们能拒绝回到窝巢
那些个在地穴里疯狂囤积的蚂蚁
它们能不在秋后的庄稼地里奔跑
我将会在黑暗中睁大双眼
我将永远不眠

雨后的窗棂被麻雀打开

一只，两只，三只
麻雀们灵巧跳跃
它们清脆的声音
隔着玻璃敲打

我有些嫉妒
自由自在的麻雀
无忧无虑地飞舞
它们的歌声
沉醉了一个人

就想象是一只麻雀
想象自由飞翔
心的翅膀急速长啊
在每一个辰光里
被小小的麻雀引领

受伤的乌鸦

草儿都能自由生长
乌鸦却不行
与生俱来的丑陋
和啁哳的声音
被世人唾弃

田鼠都跑来跑去
乌鸦却不能下地
受伤的乌鸦
只有独自哭泣

就在坟墓上筑巢
看活着的人
在这里
再也无法言语

趁着

我还站在这个地方等待收割
等待你扛镰刀的身影

你总说，趁着还没有被摘落
让那该开的花尽情绽放

可是，为什么我等待的时候
你却悄悄转身

我还站立着
在嫩黄中等待你的情歌

趁着季节的风还在路上
就不要把我的思念折磨

趁着我面对爱情的勇敢
走过我们共同的岁月

一只萤火虫的撩拨

只因为有一点的光亮
就把我引向远方
爱情原来和萤火虫一样
只在季节里闪光
多么愚蠢啊
我竟然被一只萤火虫牵引
迷失了前进的方向

那小小的一掬荧光
扯拽着我昏暗的思想
懵懂暧昧的路啊
在我脚下纵横交错
七扭八歪的脚印
把岁月蹉跎
似乎是因为暂时的黑暗
我才惊慌失措
可是，谁又有理由拒绝
那一只萤火虫撩拨的疯狂

在青春面前

在青春面前
我失去矜持
你以青春的名义
发出邀请
你以青春的身体和热情
把我撞击
在爱情面前
或许在一切都不能明白之前
我倒下了
我宁愿相信
你年轻的怀
我宁愿相信
爱情没有年轮
那一天天老去的
只有我忧伤的泪水

碎　了

我已经无法站立
灵魂用碎打破了我的姿势
无法站立的躯体
以碎片的样子躺卧

碎，一块一块分裂
迅速被风吹起

碎片轻盈
把死亡舞蹈
我碎了
我被那些脆弱的虚伪击毙

我已经不能站立
没有一种姿势能拯救瞬间的毁灭
我想就这样躺卧
和那些个永远不能站立的人们一样

我想只有这样
我们才能彼此看清自己

喜鹊在午后的雪地上

雪已经停下了
喜鹊的欢乐才刚刚开始
喜鹊轻盈的身体
在午后的雪地上黑白分明

心中的轰响
在滴答的雪融里
在喜鹊的歌声中
四处扩散

喜鹊在午后的雪地上雀跃
谁站在门后独自欣赏
如果这雪和喜鹊就这样
欢喜地厮守
人们啊还去哪里寻找忧愁

眼泪

像似天空含在嘴里的云
等待一阵风催生
泪珠在谁的眼眶里旋转
等待滑下的理由
可最终没有掉下来
因为担心会砸伤自己或什么人

当情感的鞭子高高举起
一种痛在心灵上翻滚
阴云密布的世界
紧张地制造着一场泪雨
可这些过程被眼眶拦截
那泪珠终究没有滚出来

心于是更加抽搐
泉源般的泪珠没有出路
只能把人整个沁湿
或许脚印里都淌着水
在潮潮的步履中
无法回头

秋千上的女人

岁月可以抹去的东西太多
比如挺拔的身躯和娇美的容颜
可有一样永远不会改变
那就是心灵上的童贞
在高高荡起的秋千上
一个女人产生遐想
假如生活像长青藤
用一枝的绿意书写
假如生活像飞翔的风
刮一阵又停停
假如生活能攥在自己手中
或卧或立或顿或行
假如秋千上荡漾的
是不会衰老的青春
那该多么美好啊
日子就不会被柴米油盐侵吞

精灵的歌唱

从远处传过来
精灵的歌声
明媚又清脆
像是溪水
欢乐地流淌

歌声的内容很多
都是对生活的赞美
为葱绿的森林
阳光下的蚂蚁
和快活的人们

精灵们的歌声
穿过了黑夜
在早晨里散开
余音袅袅
没有时间地回响

回 来

——给我一个早逝的兄弟

如果你能听见
我就一直呼唤
如果你愿意
我就叫你的乳名

我在你坠落的地方
开始徘徊
如果你看见
千万不要躲开

你在想些什么
为什么躲着我
如果你伤心
一定告诉我

你黑亮的眼睛
在哪里闪烁
如果想说话
就托梦给我

回家的路上
请看仔细
邻家的黄狗
还像过去咬人

爸爸妈妈老了
但认识自己的孩子
为了等你
家里的门一直开着

我亲爱的弟弟
你不要再淘气
拉紧着我的手
从黑暗中走出来

如果有来世
让我陪你坠落
一起捉迷藏
一起在天堂里快活

今年不开花

今年不开花
只为你没有出现
寂寞的等待
包含着多少无奈
花期已过
树叶儿都蜷缩起来
最后一丝绿
在枝杈间闪烁

等待的日子
漫长又寂寥
春天已悄悄
爬上花的枝梢
只为你没有出现
今年不开花
但枝间的花蕾
已挡不住地发俏

放 飞

将发霉的日子
打发掉
在鸟儿说话的地方
垒窝做巢
欢乐就是墙壁
幸福是一扇门
飞翔的时候
理想是一只虫子
展开双翅
放飞就成为现实

爷爷的忠告

爷爷已经不在人世
但他的忠告
却穿越黑夜
在明亮的晨光里
照耀着他的子孙
做人要厚道
做事要踏实
最简单的话语
有深奥的哲理
这像是每一个
老人的忠告
他们总是
让醒着的人
在一次次错误里
追忆
在一次次伤痛中
醒悟

一个人独自行走

天马行空
让所有的羁绊
让所有的怀想
让所有的
该来的和不该来的
都像流云般消散
一个人独自行走
在狼虫出没的地方
变成猎人
在鲤鱼跳跃的地方
变成那条鱼

思念

一

在睫毛噙泪的日子
我认识了你
没有大片
美丽的风景林
也没有蓝色的密码破译
我们伸出陌生的手
握住一个崭新的朦胧

二

剥去幻想的鳞片
目光瞬成一条
顺流而来的鱼
我无法抵御潮的卷来

三

送别多彩的黄昏

酒杯已经空无
话儿没有疲惫
短暂的相遇
会成为无尽的回忆吗
泪珠滴落的地方
会长出一排
伸向无边的
相思林吗

四

暂且把思念
寄存在林中
黄昏时
我会把思念
拴在风儿的背上
让它驮着
向你飞去

九月，大雁

——致父亲

九月，大雁们
大雁们要回家

大雁们的翅膀
把北方的九月扇黄

一起回家
一起回家
可是，我心上栖息的那只雁
永远停止了飞翔

九月，大雁们的翅膀
把我的相思扇黄

种一朵花在心里

采集你的爱
采集你的快乐
采集你坚定的足迹
凝合成一粒花的种子
种在我心里
心里于是长出一朵花
如百合般芳香

就是一朵百合吧
一朵盛开在心里的百合花
单是花的名字
就足够我一世饱满地生活

渡 我

风，渡我飞翔
水，渡我远航
父亲啊，你渡我忧伤

路，渡我坚定
石，渡我刚强
父亲啊，你渡我彷徨

太阳，渡我明亮
月亮，渡我冷静
父亲啊，你的猝死
带走我一世的光

给我一个梦

给我　给我
就像树枝伸展双臂
想要拥抱谁
就像那些迫不及待的绿叶
在枝干上千娇百媚

给我一个梦
为此，我愿意被高高挂在枝头
等待

即使最终像梢头的柿子
羞涩的脸掩盖了被空洞的心
我还要等待

我愿意在一个梦的面前
被高悬　被刺伤
被一颗来世的种子催生

父亲的爱暖如阳光

我亲爱的父亲
想起你就想起阳光
想起明媚的日子
想起花朵和美丽的话语

心沐浴在阳光里
回忆也荡漾着幸福

眼角的泪珠始终不肯滑下来
只怕你猜错了
想着眼泪就是苦痛和悲伤
亲爱的父亲
其实，那泪滴是我的快乐
是我内心里溢出的幸福
它们被温暖撞出了心窝

秋天，父亲田园里

葡萄的肺都要气炸了
紫色的一张脸
书写着愤怒
西红柿又羞又恼
如被一块红布蒙在头上
玉米的心在一夜之间碎了
黄色的皮肤诉说着一个故事
还有无法抬头的谷子
它们把伤心说给土地
那些在泥土中的土豆
它们拥挤着赶往事故地点
父亲啊！你栽种的所有植物
它们纷纷提前成熟
它们是在等你
等你那双播种的手
在这样一个特殊的日子
把它们的心事抚摸

骑着天堂的骏马

你心里就是这样想的
骑着天堂的骏马
在极柔软的云之上
天马行空

你心里就是这样想的
在马背上回归少年
歌唱　自由　快乐
视死如归

我亲爱的父亲
你心里就是这样想的
早点儿离开俗世
从容地做回你自己

喊我乳名

你把我的乳名
捧在掌心里
这样仔细
还没有答应你
我就泪流满面

一辈子有多长
你就喊我多久

我不敢走远
我恐怕那些障碍
河流或者山川
它们以无限的深情
回应着你的声音
而我　却已经听不见

我来了

我来了
穿破黑暗
在黎明前到达
我来了
可是我站在你身后
就像月光在黑夜里的沉默
我来了
从此以后
那些瘦弱的日子
在你的掌心里
开始丰满

阳光的忧伤

风暴　闪电　雷雨
都在自己的时间里放荡
如果愿意　只用瞬间两个字
所有的灾难就被阳光驱散
可是阳光的忧伤有谁明白
把温暖送进每一扇窗户里
照亮了忧郁的心
可是阳光的忧伤
却留在自己的后花园
隔着一个夜的漫长

桃花劫

桃花开了
我心里一阵温暖
桃花的小手
已经悄悄把我抚摸

粉色的　那一朵朵桃花
可是你问候的话语
粉色的　那一个个花蕾
可是你等待的心事

桃花乱了一个时节
空气中充满了暧昧
所有的人都在追逐
只有桃花沉默

沉默的桃花
怒放在一场春雨里
沉默的桃花
点亮了少女的心夜

我的忧伤

黑夜来临
我不是那弯下弦月
早晨到了
我又不是那轮朝阳
忧伤时
我不是你腮边的泪
欢笑时
我又不是你心里的沉醉
亲爱的
这是多么伤心的一件事情啊
可最伤心的是我
无论天崩地裂
我总想是你需要时的一切

自由地爱或者仇恨

那些话语
温暖或者漠不关心
都只是一个一个汉字
在阳光下或者黑夜里
的堆砌

那些行为
微笑或者转身离去
都只是一瓣一瓣花朵
在春天或者冬季里
盛开又凋零

那些爱情
永恒或者劳燕分飞
都只是一个一个日子
在重复又重复中
结束或者开始

走 吧

走吧
走吧
冷风里的我们
互相温暖

走吧
走吧
脚步不知疲倦
还有不知疲倦的灵魂

即使身体变冷
灵魂不想死亡

于是
我们永远在路上
走吧
走吧
走吧

那样多好

那样多好
花朵绽放
飞鸟唱歌
你和我走在小路上

心灵如果是一盏明灯
我愿意是那灯芯
或者是灯油
被你擦亮　为你燃烧

我不愿意是那照耀你的光芒
给你温暖　还让你忧伤

夜与所有的美丽

这样就好
夜把所有尴尬遮掩
那些羞涩　那些盲目的追逐
还有坑坑洼洼的日子
都在夜的一抹黑里款款如水

爱啊！也在此时燃烧
所有的美丽都在绽放
所有的心都如花朵般

馨香如墨的夜啊
风儿把思念吹开
泪水如笔
在没有尺度的纸上
浸　染

无 题

如果把日子当作一粒种子
我愿意把快乐当作泥土

在快乐里等待发芽的日子
让不快乐的人们也开始种植

这时候　千万别让低飞的燕子飞过来
那样，我们的天空里就会失去晴天

背着阳光叩响你的门扉

忧伤如冬日的黄蒿
孤寂地摇摆
是什么遮蔽了你
这是个很好的日子
阳光在我心里荡漾
我的朋友
我愿意在任何
你需要的时候
背着阳光叩响你的门扉

让那些阴翳
让那些灰暗
在我的敲叩声中逃离
我的朋友
我的手指已经抬起
准备好吧
一跃而起的
不应该只是你的身体
还有你脆弱的灵魂

总也不能放弃

我们在这条路或者那条路上
走着　从不停歇
我们把泥泞、沙粒、石子
很随意地磕在路上
我们挤压、挖掘、碾碎
很轻松地让一条路疼痛不已
我们快意着道路的忧伤
我们唾弃着道路的卑微
我们却总也不能放弃
在路上的行走

总也不能放弃
就像五月的麦子不能放弃收获
就像十月的腊梅不能放弃冰雪
就像你和我
只要时间在发髻摇曳
青丝染霜太阳西斜
那饱经风霜的月亮
就会为我们唱一世的情歌

第五辑

尘世里的天堂

群生之外

目光流转处
是一年的四季
茫然、坚毅、喜悦和悲伤
人群中的温暖和冰冷
让谁欢喜，又让谁忧伤

思想的鱼如在海里游荡
有水草飘摇
有暗礁窥视
那站在大街上，独立拥挤之外的
是一位诗人

花红柳绿处
有多少诱惑
还有多少属于一个人的疆域
或许只有驰骋孤独才能把
壮美景色抒写

最后的树叶

忧郁的树叶
在秋风抚慰下
一片一片扑入大地的怀抱
树叶潮红的脸庞
是眷恋，是伤感，是渴盼

最后的树叶
用极致的温柔
舞蹈重生
袅娜之间
已是倾尽深情

蓝天下的婆娑
还能不能有谁注意
滚烫的心啊
在空旷的白昼里
等待夜幕悄悄降临

尘世里的天堂

一

一院的阳光里
百岁的爷爷捻着
雪白的胡须笑着
奶奶张着没牙的嘴
不知想着什么
一只黑猫跑进屋子
踢翻了油壶
打碎了酒盅
老母鸡悠闲地
在院子里踱步
牙牙学语的曾孙子
突然哭了
豆角秧下
爸爸妈妈的双手
沾满了泥

二

小姨子来了
大声地呼喝着
姐夫红涨着脸
搓着手中的泥巴
老黄狗叫了两声
被踢了一脚
屋檐下的麻雀
叽叽喳喳
一朵两朵的白云
悠闲地散步
轻快的风儿
像似手中的蒲扇
院子里的梧桐树下
邻居们闲聊
这家人没大没小
生活的
可真好

三

星星出来了
月亮也不甘寂寞

咿呀的关门声
惊起了树上的喜鹊
老黄狗蹲在了街门口
黑猫在炕沿边睡觉
爷爷奶奶盘起腿
打着盹
爸爸妈妈
里一圈
外一圈
看看老的
瞧瞧小的
有风吗
有雨吗
一家人幸福地生活
无所畏惧
在尘世里
这就是天堂

在春天的窗户外

暖，一点一点在心里升腾
如端起一杯一杯的老酒
春天的窗户外　洁净　澄明
一树一树的鸟儿歌唱着幸福
把隐蔽在玻璃内的人儿吸引

心，已经化为一泓清水奔流
尘埃飞扬　马蹄声嘈杂
桃花扑面
繁华似锦的日子
都被倾泻千里

再举起！再高高举起！
举起清风明月
举起一腔欢喜　满目黄绿
在春天的窗户外
书写生命开始的意义

走了很久

一双脚能丈量的地方
比一颗心小
踩过了溪水　踩过了小草
踩过许多个太阳和月亮
踩过许多的欢心和泪水
走了很久　走了很久
即使脚没到过的地方
心已经畅游

想象总是站在双脚上　展开翅膀
思想如高悬的风筝
想挣脱　又惧怕飘零
就如对爱情的追求　充满爱和哀怨
所有的生长都那样不知疲倦
那些草，那些冬去春来的花
还有南来北往的大雁
它们也走了很久　走了很久

瞬间的倦怠似乎有一个世纪
恍然惊醒　外面已是春雷滚滚

那就只能再抬双脚　继续行走
沿着遍野落红
把一路的疲惫和思愁　铸成剑
铸成永远的追求和斗争

只是一种猜想

因为有风吹过
就想着会有细细的雨滴
那些缠绵悱恻的故事
只能写在花前月下

一地的月光
把我们渐渐远离的背影拉长
那灼热的地方
是我们的心，曾经厮守

远去的斜阳啊
不要总是忧伤
今天从这里沉落
明天又会光芒四射

裂 缝

有一种危险
在芬芳的空气里隐藏
拥挤的街道有些摇晃
那深一脚浅一脚的印迹
被风吹散　被抚平
光滑的生活下面
坑坑凹凹的日子
把谁的心硌痛

一只柔软的手臂
在暗处伸展
把一面招魂旗高高竖立
莺歌燕舞的世界里
麻木的人们依旧破坏着
脸上带着胜利的笑容

一双手就在抬举之间
完成了一生印证
绿蚁般的生命
总是最后才把尊严护守

直到被裂缝吞噬
剥去虚伪　鲜红的面孔
无法忍受真实之痛

阳光下　一个声音在呼喊
这拯救的声音
被轰鸣的采伐　被那些破坏掩盖
那头觉醒的小兽
只有在人类自己制造的灰尘里
无助地奔跑
人们啊！请把自然的尊严还给自然
请把那双溅满自然鲜血的双手
高高举起
因为　这是世间最高贵的投降

晚 间

月亮摇晃着
脚步趔趄
河边的青草
清幽地摆动
偶尔有一只蛙
探头探脑窥视

谁家窗户里的晕光
温暖着一个路人的心
星星不说话
它们彼此用爱怜的眼神　交流
那永远无法贴近的距离
让一颗颗明亮的心落泪如雨
那雨丝顿时化为点点光明

晚间的一切都那么神秘
即使夜色笼罩
那些爱与伤痛的故事
依然在光明到来之前
毫无理由地发生

在你的翅膀下

你已经高飞
飞翔的感觉多么美妙啊
眼睛里只有前方
你完全忘记翅膀下忧伤的我
为了你飞得更高
我已筋疲力竭
我把所有的情感都化作一阵风

你已经高飞
鲜花和掌声把你包围
享受荣誉是多么甜蜜
心里只有芳香
你完全忘记翅膀下忧伤的我
我在慢慢倒下
为了你飞得更高
我已经把灵魂都化作风儿

你已经高飞
请不要低头　不要停歇
如果飞翔是你一生的追求

我宁愿就这样
在沉默中为你积蓄力量
在沉默中把力量变成一阵风
然后看着你的身影
越飞越远

即 使

即使在冬天里
也不能阻挡对春天的渴望
一颗澎湃的心
早已经把冰霜融化

即使你蓦然离去
那曾经有过的光阴
毕竟也有过花红柳绿

即使今晚没有月亮
可心里的光明
会把一切照亮

花开无语

啼哭是
一个生命降临
的启示
也许生命里
注定了艰辛
因此第一声
不是大笑
而花开却不言不语
不是花儿没有苦痛
是花的品行高洁
在绽放时沉默
在凋零时沉默
人们啊
什么时候
才能像花一样
在开时无语
在落时无声

给儿子

扯一片云给你
好不好
洁白如锦
如果你需要
母亲的心
可以上九霄

摘一轮月给你
好不好
明净似水
如果你需要
母亲的心
可以上九霄

擎一个天给你
好不好
阴晴自定
如果你需要
母亲的心
可以上九霄

今夜无梦

一

粉红色的一股火
奔突在黑暗的夜里
盛开的一朵玫瑰
有被焚前的恐惧
苍白的脸
在15平米的小屋里
呻吟

二

思想的鱼狼奔豕突
摆不掉谁抛的鱼钩
醉人的鱼饵
沾满新鲜的血
却没有痛的感觉
小屋的窗帘红彤彤的
诗人纷乱的思绪
逃不出去

三

汗水如雨
夜的海呼啸而来
扑进去
扑进去
拥抱一个真实

四

爱情的手高高举起
遮挡了一切
今夜无梦可做

蚂蚁唱歌

只要和泥土贴近
你就会听见
蚂蚁的倾诉
细若涓流
滴答进心里

蚂蚁的倾诉
常没有听众
所以总有毁灭性
的灾难
袭击麻木的坝堤

蚂蚁说自己在唱歌
歌声唱出了
蚂蚁的力量
歌声唱出了
蚂蚁的团结

蚂蚁在唱歌
蚂蚁在改造世界

内疚

没有好好地
待在您的身边
我无话可说
歉疚的语句
琢磨来琢磨去
最后
还是默默无语

于是就
想象是夏天里
的柳荫
为您遮住曝晒
想象是冬天里
的火炉
为您驱赶寒冷
想象是您手中
的拐杖
扶您走出村庄
想象是您眼中
的太阳

为您照亮生活

我的父亲和母亲
我们一起
生活了半个世纪
无论在哪里
无论时间
如何转移
这血液里的根系
永远在生长
不受一切的限制

花儿的语言

花儿的语言是色彩
红黄蓝紫
像是高低音符
在阳光下浅声细语
你若绷住呼吸
就能听见
它们悄声地议论
邻家的女孩真好
她天天给我们浇水
她渴盼花儿的艳丽
她哼着歌儿
在等待心上人

随风而去

随风而去
在太阳升起
的每一个地方
着陆
然后等待
当云的温柔
叩响我的门扉
就是起飞的日子
闪电和霹雳
都是出门的礼炮
飞扬的雨帘
是帷幕
随风而去
是日渐生长的渴念

在坚定的海里做条鱼

只要有水的地方
就能生存
礁石和暗流
不是最强的敌人
峥嵘的陆地
才是可怕的地狱
断裂的鳞翅
是无语的告白
向世界宣布
既然选择了水
就义无反顾
在坚定的海里
做一条鱼

到那地方去

到那地方去
高耸的柳树浓密又有阴凉
还有斜斜的枝条垂挂在水上
一对纯洁的鸳鸯呢喃着
吐露出人间的芬芳
更有那慈祥老翁
独钓夕阳

到那地方去
桃花片片发出诱人的清香
蒲公英飘来荡去
载着许多许多的梦想
不远的地方有一个村庄
袅袅炊烟里
农妇一家在煮着收获和希望

到那地方去
那是个好地方

浮云

如果在飞翔
浮云就是
朵朵莲花
高洁而寓意深切
如果在坠落
浮云就是
提水的竹篮
一场欢喜一场空
浮云只是浮云罢了
只是云上云下的人
不甘寂寞

无所适从

坐立不安
在静默中喧嚣
心无所适从
飞向哪里
才能寻求飘逸
寻求精神的安宁
点一支烟
在明灭的烟光里
思绪杂乱
烦躁是在
爱情中产生
有谁不这样
当爱情逝去
如烟花般
有瞬间的灿烂
又灰飞烟灭
于是
陷入其中的人
就无所适从

夜眼

华灯初放
城市的梦才刚刚开始
那些树影婆娑间的故事
在夜的眼睛里五彩斑斓

把夜装进布袋的是一个女人
这女人披着岁月缝制的斗篷
背负晨光里不灭的照耀
在黑暗中唱着快乐的歌

村庄里的犬吠声
隔着厚厚的空气渐渐传来
宁静芬芳的泥土和庄稼都被惊醒
在夜的眼睛里忧伤或欢笑

这是一个什么样的世界啊
所有的语言像刀刻般的相似
那真实的情感被掩埋
在花红柳绿里更加复杂

夜闭上了眼睛
因为一个女人的凝视
夜的心灵
把黎明前的一切看透

落 红

一片一片
轻轻坠落
砸在谁的心上
谁会瞬间寂寞

不能弯腰的树
也不能伸开臂膀拥抱

落红挣脱了
风儿轻唱着歌谣
还有树冷静的眼神

距离很短
就在举手之间
落红似一粒种子
被谁的深情掩埋

高 贵

如果高贵是一句话
说出来会被风吹走
如果高贵是一场雪
太阳出来就会融化

高贵是站在肩膀上的责任
高贵是包裹心灵的美德

高贵是一种信念
在潮起潮落中坚守
高贵是一株小草
在春来冬去中不变

高贵是一朵初生的花
高贵是一场洁净的雨
高贵是一颗永远向上的头颅
在不屈不折中
挺立

秋天一步步走进

没有一丝预兆
细弱的风依旧缓缓流淌
绿色的叶脉间
谁在偷偷写着秋的故事
意象横生

季节之间的轮换
在人们匆忙的生活里
不露痕迹
直到片片落叶重重地敲打
遍地黄花

秋天一步步走近
在凝重和成熟里
人们失去往日的浮躁
在涨满收获的眼中
静看红尘

我油黑的长发

我油黑的长发
它日日生长
它不言不语
默默散发出清香

我油黑的长发
一丝一丝
把岁月编织
它在一个姑娘的手中
变化着模样
它从来都不说疼痛
也不轻声歌唱

我油黑的长发
是不是也有着长长的忧伤
我不知道
可是，一个姑娘她经常这样抚摸着
就像抚摸着青春，就像抚摸着岁月

爱情就像一块……

情感在碰撞时火花四溅
但两个人组不成炼炉
爱情的矿石因为温度不够
而遗憾地仍做石头
做石头就好了
石头的重量降低了抬胳膊的高度
所以，多少能把两个人的脚步拽住

可惜了啊
就像一块钢铁不能永远躺在炉内
烧炼出来的爱情一经冷却
就变得陌生和坚硬
失去做石头时候的温情和酥脆

想象爱情是任何可描述可形容的美丽
可想来想去只有擦拭灰尘的一块布合适
所以我说爱情就像一块新布

想当初是怎样的簇新
可以擦拭一切污垢

擦拭后的爱情花红柳绿
爱情这块新布
把脂粉涂到俩人心底处
那些真实的暗疮和青春痘
一时间被厚厚的新布掩盖
多么美好啊
一干二净的爱情让人神仙般眷恋

毕竟是一块布
经不起岁月的磨触
它变得千疮百孔
它很快会被另一块代替
于是爱情也赤裸裸地
在抱怨和争吵下逃离
彼此逃离的过程中
仍然不能忘记再买一块新布
来擦拭下一段蒙尘的爱情

我想给你的

如果你需要
我就弯下腰来
弯成你所需要的形状
或者是一块瓦
或者是一座桥
如果你需要
我甚至可以匍匐在地
吻着你的脚踝
如果你需要
我就端坐在这里
目送你远去的背影
带走我唯一的相思

总是这样多好

生活就像春天的小草
一摇一摇，抖落霜雪
就把枯黄抖掉
根子里原本全是绿
绿，让生活变得更加美好
总是这样多好
一摇一摇，抖落虚伪
就把烦恼抖掉
生命里原本都是善
善，让生活变得更加美好
总是这样多好
一摇一摇
春天把冬天抖掉
阳光把阴云抖掉
歌声把忧伤抖掉
欢乐把痛苦抖掉

灵魂之外

那是些什么呢
谦卑的笑容
掩藏着多少嫉恨
言不由衷的话语
就连刮过的风都羞愧
人站立着却没有脊梁
灵魂之外完全是一副皮囊

都不如那草儿
连根都是绿的
还有那长刺的玫瑰
内心和自己脸庞一样
还有那一把把泥土
他们纯真的模样
一生一世都把我们滋养

灵魂之外
是谁撕裂了信仰
在简单和真实面前
又是谁复杂了整个社会

人们啊！永远都在强词夺理
只有一次次灾难
只有一次次毁灭
才能使生命和灵魂永远结合

我的刀

它最初只是一块废铁
它被黑夜冶炼
黑的温度比阳光炽烈
于是　我的刀
锋利无比

我的刀
它最初只想收割梦想
可是　它被现实欺骗
终日　在尘埃里徘徊

零乱　无序
虚无缥缈的蹉跎
一把刀　与空气对决
于是　就想着刺向一个目标
这个目标有山　有水　有精神
刀之所向　一切披靡

阳光下　所有的精灵都来助阵
即使黑夜降临

也决不能延误战晨
我的刀　于是跳进夜火里
在伸手总也不能遇见丑的时光里
铿　铿　锵　锵

虚无的拥有

为什么我们从不先想那个字
那个敏感而空洞的字
它的名字叫无

从洪荒时候开始
无贯穿了生命的全部
无让世界变得丰盈充实

人类是多么的可笑
用有代替了无
用有牺牲了自己

如果进化的只有地球的表层
那沉默着的羔羊般等待
不是为一把屠刀睁开双眸

轮回和更替是一个概念
就像所有的盛开和凋零
可是习惯把人铸造成一个字，叫拥有

有吗？有什么？有多少？
有就像一把枷锁
锁住了那些个善良和忠诚

于是，因拥有而坠落的东西很多
似乎是无引起的抛弃
于是，人类周而复始地陷入从头再来

病

一寸一寸
苦痛是从心上开始
没有谁能拒绝
年轻的错误
就像病痛突然侵袭

如果有一粒药就好了
我可以从容地出走
在数也数不清的时光里
悄然咽下
生命中的最甜最苦最酸最辣
还有我自己也莫名其妙的茫然

一切都是因为有病
病，只是一个人在一定时期的
一种状态
就像水结成冰
就像云变成雨
就像人
一会儿欢笑一会儿哭泣

那些关于我们的事儿

欢乐，哀伤，悲悯
失落，坚强，勇敢
这些词儿熟悉我们的生活
这都是关于生和死的事儿
这都是关于我们的事儿

曾经以为树叶落地无声
是到了沉默的时候
曾经以为花开无语
是因为饱满的绽放
曾经以为雷电和风雨
只是刮闪在一个人头顶
曾经以为
爱，是这个世界末日的宣言
那些关于我们的事儿
是所有人的经历和所有人的悲欢

那些关于我们的事儿
是少年式的烦恼
是叛逆的青春

是无缘无故的烦躁
是陷入爱情的忧伤
是中年的混沌和迷茫
是老人眼中闪烁着
对以往的回忆和艳羡

一次一次
我站着坐着或躺着
我们的距离就在咫尺
可是我的心却在阳光下曝晒
假如有一天
星星唱着歌
月亮弹着琴
只是为了我们的生活
我真的很愿意
就这样
在自己的星空下
永远生活

做你的情人

做你的情人
就像天空和大地一样
虽然无法拥吻
却可以朝夕相处
我们用眼睛交流
远远地凝视
我的眼泪因为爱情的距离
而滴落成雨
我的相思因为高悬
而化成一缕晨雾
然后在你的怀里开始湿润

做你的情人
就像一粒沙子和呼啸的风
我的爱
被你轻轻卷起
我愿意是那一粒
我愿意在你的掌心里翻滚
直到被你遗弃
可是我仍然愿意

哪怕是瞬间的碰撞
也是你的爱抚
伤痛会让记忆不朽

做你的情人
就像你的影子
虽然只有在黑暗里我们才能
合而为一
可是我依然无悔
爱情的火已经点燃
即使熄灭
那灰烬仍然是爱情的灰烬
即使被风吹散
那四处跌落的
仍然还是我的爱

无 题

许多回忆都如海绵里的水
慢慢被岁月拧挤
一滴　一滴
每一滴都有故事
只是这故事都成为过去
总想着尽快逃脱
让太阳的光芒照射
把所有的回忆都晒干
或者晒成一条咸鱼
让舌尖把心上的事情
慢慢咽回去

以一棵向日葵的姿势

就这样站立
在生长时深深低下头
当阳光洒满整个身躯
我就昂起胸膛
用满腔热情
把生活歌唱

我会一直这样
始终面朝着东方
即使黑夜降临
我的姿势不变
我愿意永远这样
以一棵向日葵的姿势
用满腔热情
把生活歌唱

桃花雪

总想赶着三月　一路奔跑
在春的催促下
和你的约定总也忘不了
桃花开了　桃花开了
粉嫩的花朵情意四射
来不及　来不及思考
就坠入你的怀抱

总想赶着三月　一路奔跑
谁曾想还有雪花飘飘
美丽的六角星把桃花遮盖
一朵　两朵　三朵
桃花开始跌落
来不及　来不及思考
就坠入你的怀抱

总想赶着三月　一路奔跑
桃花雪把激情燃烧
火一般的粉　水一样的透亮
阳光下开始互相焚烧

桃花把一个故事反复叙说
来不及　来不及思考
就坠入你的怀抱

以一种姿势

很从容，很坚定
一个人以一种姿势
投入
这像似小草以绿的姿势
迎接春风
这像似桃花以粉的娇嫩
撞入心扉
这像似太阳的微笑
带着永恒的热力

我不能拒绝春天
还有带着春天走来的你

于是，我只能伸开双臂
以奔跑的姿势凝固
直到你跑过来抚摸我的脸
就这样，我在你的掌心里变得坚硬

假如可以

假如可以
请赐给我一双鹰的眼睛
不为捕捉猎物
是为了在更远更高的地方
掌握方向与路

假如可以
请赐给我一匹雄壮的马
不为在战场上驰骋
是为了在自己的世界里
自由行走

假如可以
请赐给我大地般的胸怀
不为占有
是为了所有生命
在我怀抱里的安宁

为煤炭而歌

如果不能燃烧
就在沉默中等待
在地心的深处
抚摸着自己黝黑的脸

黑的好啊
黑把一切掩盖
如果你梦想给我换颜
就把那火种点燃

风儿吹不到的地方
我借泥土生长
太阳照射不到的地方
我借黑暗增加力量

我就是一块煤炭
一块纯粹的煤炭
我表里如一　对生活
充满火一般的渴盼

我也想有一双翅膀
在人们需要我的地方自由飞翔
这样多好啊
可以减少多少无辜的死亡

或者我可以有一双自由的脚
在寒风里敲开任意一扇小窗
带着温暖和希望
在那小火炉里悄悄快乐和忧伤

命中注定了我是一块煤炭
也就只能这样
在无数个日日夜夜的等待中
静静地把爱和生命歌唱

岔 路

一棵草也没有
或许连一朵花都没有
大地赤裸裸
连一声叹息都没有
所有伤痛都枯竭如一段朽木
这样好啊！
思想的捻儿会被一阵狂风点燃
有一只鸟儿会在大火中重生

图书在版编目（CIP）数据

北方的相思 / 桑小燕 著. -- 北京 ：作家出版社，2015. 7

ISBN 978-7-5063-8194-9

Ⅰ. ①北… Ⅱ. ①桑… Ⅲ. ①诗集 - 中国 - 当代 Ⅳ. ①I227

中国版本图书馆CIP数据核字（2015）第177477号

北方的相思

作　　者： 桑小燕
责任编辑： 佳　丽
装帧设计： 百丰艺术
出版发行： 作家出版社
社　　址： 北京农展馆南里10号　　**邮　　编：** 100125
电话传真： 86-10-65930756（出版发行部）
86-10-65004079（总编室）
86-10-65015116（邮购部）
E-mail:zuojia@zuojia.net.cn
http://www.haozuojia.com（作家在线）
印　　刷： 三河市北燕印装有限公司
成品尺寸： 142×210
字　　数： 180千
印　　张： 8. 25
版　　次： 2015年9月第1版
印　　次： 2015年9月第1次印刷
ISBN　978-7-5063-8194-9
定　　价： 30. 00元